푸른사상
시선

95

늦게나마 고마웠습니다

이은래 시집

푸른사상
PRUNSASANG

푸른사상 시선 95

늦게나마 고마웠습니다

인쇄 · 2018년 12월 10일 | 발행 · 2018년 12월 15일

지은이 · 이은래
펴낸이 · 한봉숙
펴낸곳 · 푸른사상사

주간 · 맹문재 | 편집 · 지순이, 김수란 | 마케팅 · 김두천
등록 · 1999년 7월 8일 제2-2876호
주소 · 경기도 파주시 회동길 337-16(서패동 470-6) 푸른사상사
대표전화 · 031) 955-9111(2) | 팩시밀리 · 031) 955-9114
이메일 · prun21c@hanmail.net / prunsasang@naver.com
홈페이지 · http://www.prun21c.com

ISBN 979-11-308-1393-6   03810

값 9,000원

푸른사상 시선 95

늦게나마 고마웠습니다

오랫동안 회색 지대였다. 현실과 꿈, 인식과 실천 사이를 중음(中陰)처럼 지나고 있었다. 그러므로 천천히 저물어 갈 길이 었는데 어쩌다 발걸음에 힘이 들어갔나 보다. 허나 어쩌랴, 급히 아이에게 구멍 난 양말을 신긴 채 내보낸다.

하늘이 어두워지더니 빗줄기가 내리긋기 시작한다. 줄곧 떨어지는 것들로 가슴에 웅덩이가 팬다. 아이가 당신의 주소를 찾지 못하고 빗속에 오도카니 서 있으면 어쩌나 웅덩이에 걱정이 고인다.

2018년 12월
이은래

| 차례 |

■ 시인의 말

제1부 풀과 칼

제2부 마늘을 까며

제3부 소금밥 바늘밥

제4부 풍경

제1부

풀과 칼

곧게 세우기 위해

뿌리는 다만 물을 빨아들이기 위해 뻗어가는 것이 아니다
튼튼한 기초로 나무를 곧게 세우기 위해
컴컴한 어둠 속으로 뻗어나가는 것이다

가지는 다만 잎과 열매를 달기 위해 뻗어가는 것이 아니다
절묘한 무게중심으로 나무를 곧게 세우기 위해
허공 속으로 팔을 뻗어가는 것이다

곧게 서는 것이 곧게 사는 것이기에
뿌리는 저리 어둠 속을 뻗고
가지는 저리 허공으로 뻗는 것이다

가지를 보면 뿌리를 볼 수 있다
둘은 쌍둥이처럼 닮아 있어서
뿌리가 가는 대로 가지가 뻗고
가지가 가는 대로 뿌리가 뻗는다

가지와 뿌리가 손을 놓는 순간
직립의 균형이 무너지고
목숨이 초라해진다

풀과 칼

맨손으로 잡풀을 뽑아 올리는데
날 선 저항이 살을 파고든다

어떤 시인은
'풀잎' 하고 부르면
우리 입속에서 푸른 휘파람 소리가 난다고 했지만

어떤 풀잎은
우리 손에 푸른 칼자국을 내기도 한다

하찮은 잡풀 한 포기도
뿌리를 지키기 위해 날을 세운다

날을 세우는 것은
나를 세우는 것

나는 언제
죽이려고 달려드는 것에 맞서

죽어라고 날을 세워보았는가

손에 길게 맺힌 피를 보고서야
풀이 칼과 같은 종족임을 깨닫는다

사이에 갇히다

먹지 못한 컵라면은 가방 속에 갇혔고
나는 사이에 갇혔다
닫힌 스크린 도어와 달려오던 열차

문을 열지 못한 팔과
바쁜 끼니를 챙기지 못한 입이
아직도 사이에 끼어 있다

세상이 나를 사이에 가두었다
투명하고 견고한 장벽

열차가 도착하면 문이 열리고
사람들이 나가고 들어오지만
나는 아직도 노란 선 안쪽으로
건너가지 못하고 있다

부서진 몸을 일으켜
국화꽃과 포스트잇 사이로

피 묻은 손을 내밀어보지만

당신은 살기 힘들다는 핑계로
내 몸을 밟고 바삐 지나간다

그러나 당신도 끝내
안전선 안쪽으로 넘어가지 못할 것이다
내가 갇힌 이 사이가
또한 당신의 자리다

* 2016년 5월 28일 내선순환 구의역 9-4번 승강장에서 스크린 도어를
  혼자 수리하던 외주업체 직원 김 아무개 씨(당시 19세)가 전동열차
  에 치어 사망했다.

늦게나마 고마웠습니다

자욱한 최루에 맞서는
뜨거운 거리였다

가투를 치르다 다리를 다쳐
바지에 핏자국 배었다
골목길 달리는데
앞에서 검문 중이었다

누군가 옆에 와서 팔짱을 꼈다
편안하게 가요, 부부인 척하고
임신 중인 불룩한 배가 눈에 들어왔다
그이가 피 묻은 바지 위로 몸을 붙였다

낯선 친절의 그늘에 숨어
골목을 나왔다
조심하세요
치마에 붉은 얼룩이 눈에 들어왔고

인사도 못한 채 거리로 뛰어들었다

그 아득한 길을 지나와도
검문은 길목마다 나를 기다렸다

막다른 길에서 멈칫거릴 때
편안하게 가요
얼굴도 떠오르지 않는데
내 피 묻은 바지를 가리던
붉은 얼룩 치맛자락이 보인다

인드라망(網)의 구슬

인드라망이 있다
그물코마다 구슬이 달려 있고
구슬 하나하나마다
다른 모든 구슬 세계가 환히 비치는

무덥고 가물던 땅에 드디어 비가 왔는데
하필 집중호우였다
집이 쓸려가고 죽은 사람도 있었다

인드라망의 구슬 몇 개 빛이 꺼졌다
옆에 있던 구슬들이 슬픔으로 깜박거렸고
또 그 옆에 있던 구슬들도 깜박거렸다
세상이 흐려졌다

그런데 한 구슬이
옆에 있던 구슬을 다독거렸다
밝아진 구슬이 다시
옆에 있던 구슬을 다독거리면서
세상은 다시 환해졌다

그대 발바닥이 차가워질 때

나무는
제각기 섬처럼 서 있지만

모든 섬들이 물 아래서 연결되듯
나무들도 땅속에서
손을 맞잡으려 뻗어간다

어둠 속에서 건네는 체온으로
땅속이 따스하다

하나의 섬이 사라질 때
바다가 어깨를 들썩이며 울듯

한 그루 나무가 쓰러질 때
잡을 손을 빼앗긴 나무들이 운다
숲의 발바닥이 차가워진다

우리 옆에도 쓰러지는 나무가 있다

발칙한 상상

얼굴을 다듬고 머리를 빗고 나서
발은 양말로 가리면 끝이다
얼굴이 가장 높은 곳에서 빛날 때
발은 온몸을 받든 채
컴컴한 신발 속에 웅크리고 있다

외출에서 돌아오면
먼저 머리와 얼굴을 씻고
마지막에 발을 씻는다

이 대목에서 터무니없게도
배 위에서 진격을 명하던 장군과
컴컴한 배 밑에서 온몸으로 노를 젓던 노예를 생각한다

더 빨리 더 빨리 노예 등짝을 가르던 채찍
무수한 죽음들 위로 치열한 전쟁이 끝나고
개선 행진 맨 앞에서 장군이 말을 타고 지나고
노예는 전리품을 장군의 창고에 날라주고 난 후

누추한 헛간에 몸을 뉘었다

그런데 노예들이 배 위에서 진격을 외치고
장군이 배 밑에서 온몸으로 노를 젓는다면
전쟁이 끝나고 노예들이 말을 타고 개선할 때
장군은 전리품을 지고 따라간다면

그것은 다만 발칙한 상상인가

머리가 발을 받들고
가장 낮은 곳에서 발이 빛난다면
가장 먼저 발을 씻고
그 물에 얼굴을 씻는다면

내 헛된 꿈이

아무도 오지 않는 어둡고 차가운 곳
나는 아직도 빠져나오지 못하고 있다

정답은 하나라고 가르치는 사이
정답을 외워서 좋은 학교에 가라고 다그치는 사이

한꺼번에 304개의 우주가 사라졌다

배를 가라앉힌 것은 내 헛된 꿈이었다
내가 가르친 것은 로봇
어깨에 순종의 견장을 달아주며
99%의 머리 위를 향해
1%의 발아래를 향해
끝없이 밟고 오르라던
그 경쟁이 너희를 강하게 하리라던

내 헛된 꿈이 아이들을 죽였다
자본과 권력이

가라앉는 생명을 두고 주판알을 튕기고 있도록

카메라 앞에서 온갖 생쇼를 하도록

학살의 음모를 꽃으로 장식하도록

승인한 것이 나다

나의 헛된 꿈이다

이제 고귀한 분들은

비천한 몇 명을 참수하여 저잣거리에 걸어두고

관뚜껑을 조용히 닫고

무덤 위에서 그들의 왕국을 더욱 견고히 할 것이다

펜들은 현란한 언어로

어둠을 덮으며 아침을 노래할 것이다

양들은 우리 안에서 비탄과 울음을 그치고

더 좋은 고기와 양털을 위해 기도할 것이다

그러므로 이제 작별해야 한다

나의 헛된 꿈

자책과 한숨

전달되지 않는 기도

그리고 새 꿈을 꿀 것이다

배를 가라앉히고

영원히 진흙 속에 파묻으려는

은밀한 손목들을 싹둑

잘라내는 꿈을

부생(浮生)

지하도

박스 종이 위에 웅크리고 누운 사람들

그런데 그들의 몸이

둥둥 떠가고 있었다

노숙(露宿)의 생들이 땅을 잃은 지 오래였다

눈이 마주치지 않도록 지나가는

내 발도 둥둥 떠 있었다

일터에서 허우적거리다가

박스 같은 집으로 돌아와

웅크리고 누워 젖은 꿈이나 꾸는

나도 오래전에 땅을 떠난 것이었다

길에는 온통 떠가는 생들뿐이다

사이

내가 인터넷에서 쇼핑하는 사이

나토의 폭격기가 리비아인들 머리 위로 포탄을 투하했다
집이 불길에 휩싸이고
지붕과 벽이 가족들 위로 무너지고
혀는 마비되어 짧은 기도조차 나오지 않았다

내 손가락이 결제 키를 누르는 사이

수많은 사람들이 건물 잔해와 주검들을 밟으며
수용소로 밀려가고 있었다
지중해를 건너던 난민들은
바닷속에 피난처를 마련하고 있었다

내가 기상 알람을 맞추고 잠들어 있는 사이

기아와 폭력과 살육이 가득한 세상에서
누군가 생을 끝내고 누군가 태어났고

누군가 눈물에 젖은 기도를 올리고 있었다

달은 어두운 하늘을 가로질렀고
다시 아침이 왔고
주문했던 물건이 왔다

마야야학*

삶의 가파른 언덕배기 슬레이트 지붕 아래
하루의 노동에 젖은 몸들이 모여들어
어둠을 밀어내고 꿈을 지피던 곳

책 속 흐린 글자들
고향집 저녁연기로 흩어지고
어머니 마디마디 굵은 손
할머니 밭은기침 소리에
눈물로 돌아오는
우리들의 마지막 영토

비 오면 줄줄 새는 지붕
폭우에 쓸려 내려간 앞마당
이 누추한 학교를
온갖 그리움으로 껴안는다

모닥불 주위 어깨동무 돌던 여름수련회

물속에 밀어 넣고 웃던 일

공을 차고 노래를 부르고

난로 꺼진 교실에서 언 발을 구르고

수업이 끝나 익숙한 어둠으로 돌아가던 길

정든 얼굴이 하나씩 세상 속으로 흘러가

빈자리 보며 돌아서 눈물 짓던 일

지울 수 없는 그리움과 아쉬움으로

가슴에 쌓인 재를 들춘다

밤마다 별빛처럼 내리는 달콤한 졸음을 씻으며

단어 나부랭이 죽은 공식만 외운 것이 아니다

우리들 속에 잠들어 있는 힘

혼자 떼어서는 개똥만도 못한

커다란 하나의 우리를 배웠다

우리를 가르친 것은 책이 아니라 목마름

우리를 키운 것은 밥이 아니라 땀

우리를 지켜온 것은 동정이 아니라
다 같이 나눈 아픔과 눈물

마야
혼자가 아닌 우리 모두의 이름
한 뼘의 가진 땅도 없는
우리 모두의 영토여

* 마야야학은 부천에 있던 야학이다.

삼정천*의 봄

얼었던 개울은 몸을 풀고
검은 물 따라
독한 풀 다시 돋아나고

포클레인은
새벽부터 철거를 시작하고

아이들은 개울가에 모여
정성껏 흙집을 짓고

봄 햇살에
아이들 잔등 붉게 익어가고

부서진 담벼락 위
'철거결사반대'
스프레이 글자도 붉게 익어가고

* 삼정천은 부천 굴포천의 지류다.

차(車)
― 견고한 순환 1

애비는 하청 업체 직원
차 부품만 셀 수 없이 만들었지
평생 차 한 대 못 사고 죽었지

아들아, 너는 빚내어 차를 사서
지입차로 바쁜 생을 굴리는구나
평생 빚을 지고 사는구나

그다음에
— 견고한 순환 2

너희는 농투성이 벗어나라고
울 아버지 어머니
자식들 대처(大處)로 보내
힘들게 공부시켰네

형제들 열심히 공부해서
월급쟁이 되었네

우리 부부 맞벌이로 달리면서
너희는 우리보다 잘되라고
있는 돈 없는 돈
학원 보내고 과외 시켰네

좋은 고등학교 대학교를 나오고
좋은 데 취직하면

그다음에
우리 아이는 무엇을 할까

파업 전철

성냥갑 출근길
숨 막혀 죽겠는데

−아이쿠 아자씨
　와 가슴을 밀어쌓소?
　터져불겄네
−아이쿠 할매
　터질 가슴이 있기나 하요?

순간 성냥갑 불붙은 듯
전철 폭발

농약 방구

내 방구 참말 독하제라
이게 바로
집 안 파리들 씨를 말린
농약 방구여
코로 마시고 입으로 먹고
여즉 두 병은 마셨을껴
그래도 아즉 죽잖고 있응께
사람이 독하긴 독한겨
우덜은 죽어서 썩지도 않을 거구만
백 년 뒤에 무덤을 파보더라고
눈에 시퍼렇게 독기가 올라
보는 사람 기절초풍할 것이여

모래성

마누라는 청약 통장
로또처럼
십여 년 간직하고 있는데
아이들은 바닷가에서
모래성을 지으며 즐거워하네

제2부

마늘을 까며

크레인이 누운 날
— 아버지 1

30년 일자리 나와
14인치 낡은 TV 앞에 고목처럼 누운
아버지를 보았습니다

골목길을
무섭고도 익숙한 발소리로 돌아오던 시절에는
한 가족을 넉넉히 받치고 있더니

바닥이 무너지자
그만 옆으로 쓰러졌습니다

크레인이 쓰러지고 나서야
발바닥을 처음 보았습니다

마른 무좀이 녹처럼 파 들어가고
큰 골목 작은 골목 새겨진 발바닥은
내 발보다 작았습니다

크레인이 드러누운 자리에서
녹슬고 금 간 지도 한 장 보았습니다

요양원에서

— 아버지 2

낡은 전자제품들이 느릿느릿 복도를 지나고 있네 아득한 흑백 드라마 한 편 Replay하는 중일까 녹슬고 깨진 자막이 지직거리고 있네 주행을 멈춘 시간 속으로 가라앉는 기억 나도 당신의 기억 어디에서 저물어가는 중일까 식어버린 가슴에 뜨거운 전원을 꽂아주고 싶네 Reset 버튼 꾸욱 눌러 컴컴한 자궁 속으로 돌려보내고 싶네

섬
— 아버지 3

꽃 피고 작은 동물이 뛰놀던 내 영지는

북해를 흐르는 유빙처럼 점점 작아져

목숨 하나 지탱하기도 힘든 조그만 섬이 되었다

내 섬이 밤길처럼 흘러가다가

어느 섬에 닿았다

거기 한 남자가 땅을 갈고 있었다

— 혼자 뭘 하세요

— 처자식 먹을거릴 만들어야지

그가 쉰 목소리로 말했다

그의 영지는 몇 뼘의 거친 밭이었다

— 이젠 좀 내려놓으세요

— 그래, 너도 좀 쉬어라

그의 굽은 허리가

한 그루 나무처럼 가지를 폈다

그 그늘 아래 내 섬이 멈추었다

등
— 아버지 4

그의 등을 보며 걸어왔다 문을 열고 들어가면 거기 곡식이 가득 자라는 들판이 펼쳐졌다 쿵쿵 생명이 자라는 냄새를 맡으며 세상 끝까지 걸어갈 수 있었다 내가 자라면서 그 들판은 조금씩 작아졌고 언제부턴가 나는 그 문을 찾지 않았다 그는 모를 것이다 누가 그의 영지를 몰래 돌아다니며 햇빛과 바람을 한가득 지고 나왔다는 것을 그의 등이 누군가에게 길이 되었다는 것을 사람은 평생 자신의 등을 볼 수 없다 그 그늘에 기대어 사는 것들이 그 등에서 길을 본다 내 등에도 벌판이 있어서 곡식이 자라고 누군가 길을 내며 돌아다니고 있을지 모르겠다 소금에 젖은 어떤 이의 문을 열면 바다가 보이고 파도가 밀려오고 물고기의 비늘이 투명하게 반짝이고 있을까 세월이 지나서 낡은 문을 삐이걱 열고 지력을 소진한 한 뼘 땅을 밟는 일은 아름답고 슬프다 슬퍼서 좁은 등을 토닥거리자 그가 빙그레 웃는다 보이지 않아도 척박한 땅에 봄비가 내리거나 따스한 햇볕이 비치거나 바람이 노래처럼 지나는 것을 아는가 보다

노래
— 아버지 5

   젊은 시절 흥깨나 있었던 아버지가 유행가를 부른다 마이
크만 보면 도망가는 나도 함께 부른다 충청도 아줌마, 무너
진 사랑탑, 홍도야 울지 마라, 울고 넘는 박달재… 아버지는
나도 모르는 2절까지 내처 달린다

   아버지, 내가 누군지 알겠어요?

   니가 누군지 내가 우찌 알겠나?

철제 침대
— 아버지 6

　자주 만나서 익숙해질 법도 한데 좀체 가까워지질 않는다 하얀 벽은 육중하고 당신의 몇 개 남지 않은 언어는 고엽(枯葉)처럼 쓸쓸하다 고개를 숙이고 눈물을 감추며 금방 또 올게요 밥 잘 먹고 말 잘 듣고 계세요 철제 침대의 차가운 손을 잡으면 손을 타고 오싹한 슬픔이 들어온다 낡은 담요 속에서 늙고 마른 세월이 파랗게 언 표정으로 나를 보고 있다

선풍기
― 아버지 7

전원만 꽂으면
소음이 심해
구석에 처박아두었던
낡은 선풍기

에어컨도 있는데
공간만 차지한다고
분리수거로 내놓은 날

고개 푹 숙인 채
아무 말이 없다

요양원 보내던 날
아버지처럼

육성해비 내는 날

　— 어머니 1

여러 번 이사 다니면서
라면 박스에 갇혀 있던 짐을
일요일에 풀어보았네

내 국민학교 일기장
잊어버린 친구들의 편지 묶음
어느 공책을 열어보니
육성해비 내는 날
침 묻혀 꼭꼭 눌러 쓴 글자들

칠 남매 큰딸 우리 엄마
소학교 이학년 때 학교 그만두고
다섯 동생 키우다
나이 스물에 울며 울며 시집 왔지

남편 뒤따라 무작정 서울 와서
좌판 떡장수로 아이들 학교 보낼 때
한글도 모르는 엄마

학교 오지 말라던 말에
밤마다 고단한 글씨 연습

육성해비 내는 날
굵은 손마디 같은 글자가
잠 못 드는 눈에 자꾸만 기어드네
내일 출근 힘들 텐데 어서 자라고
머리를 쓰다듬네

야맹증
― 어머니 2

밤마다 엄마는 내 손을 잡고
댓잎 무성하게 바스락대는 길을 지났다
돌에 걸리며 발을 헛디디며
엄마 손에 들려 구름처럼 떠갔다
한참을 걸어 어느 나무 앞에 나를 세우고
오랫동안 기도를 하셨다
벌레 소리 바람 소리를 듣고 있다가
간 길을 다시 물처럼 흘러왔다
멀리서 승냥이 소리라도 들리면
댓잎처럼 바스락 떨기도 했다

언제부터였을까
내 눈이 밤에도 환하게 밝아진 것은
어둠이 너무 환해서 어지러웠던 무렵은

눈물 한 방울
　— 어머니 3

　군대 간 아들 얼굴 한 번 보고 나서 수술하겠다고 한 달 내
내 전보를 보내며 미루다 미루다 수술에 들어간 날 휴가를
나왔다 이미 망가질 대로 망가진 육신 앞에서 의사들은 수
술 도중 피 묻은 칼을 내려놓았다 하루 두 번 면회 시간에 중
환자실을 찾아 의식 불명의 어머니를 지켜보다가 나올 수밖
에 없었다 그렇게 열흘이 흘러갔고 귀대하는 날 아침 어머
니의 귀에 대고 말했다 엄마 나 이제 부대 들어가요 다시 나
올 때까지 꼭 살아 계세요 그때 옆에 있던 동생이 외쳤다 형
엄마가 울고 있어 그랬다 어머니 뺨에 눈물이 흘러내리고
있었다 이 세상 제대하는 날 가지고 갈 그 눈물 한 방울

마늘을 까며

마늘 껍질을 벗기는 일은
이 세상에서 가장 간단한 노동이다
마늘은 눈이 아니라 손끝 감으로 까는 거라고
아내는 TV를 보며 잘도 까는데
노안이 밤처럼 깊어가는 나는
안경도 벗어놓고 잔뜩 구부린 채 끙끙거린다

목욕물에 든 어린애처럼
매끈하고 통통한 마늘을 맞이하는 일은
얼마나 환희로운가
그러나 세상일이 모두 뜻대로 되지는 않는 법
지난여름은 너무 더워
종종 마른 마늘이 나오고
열심히 껍질을 벗기고 보면
한구석 썩은 놈이 나와
그 살을 사각 도려내는 일은 슬프다

그래도 우리가 낳은 세 쪽이

건강하게 자라는 것도 복이라고
흐뭇한 미소를 나누기도 하면서
적당히 어깨가 아플 때쯤 작업은 끝난다

알갱이는 늠름하게 쌓였는데
늙은 손거죽 같은 껍질은 푸석하게 기가 죽어
그것들을 거두어 버리는 일은 또 슬프다

단팥빵
— 장인 1

응급실에서 그는 단팥빵이 먹고 싶다고 했다 그러나 단팥빵과 우유를 힘겹게 몇 입 먹다 다 토해내고 말았다 중환자실로 가면서 그는 "나 이제 죽으러 가는 거야 마음이 편안해"라고 했다 중환자실에서는 코로 관을 삽입해서 영양제를 주었다 수면제에서 잠시 깨어난 면회 시간에 그는 여러 번 "목이 아파 이것 좀 빼줘"라고 썼다 마지막으로 쓴 말도 "목이 아파 집에 가고 싶어"였다 그러나 의사들은 절대 관을 빼지도 집으로 가지도 못하게 했다 관을 제거한 것은 심장 박동이 멈추어 더 이상 고통을 느끼지 못하게 된 다음이었다 그리고 관 속에 누워 집으로 갈 수 있었다

다섯 아이들을 키우느라 힘들었던 젊은 시절 단팥빵은 장인이 누리던 최고의 특식이었다

밥그릇을 깨다
— 장인 2

대문을 넘으며
그이의 밥그릇을 깬다

삶은 밥그릇 속에 있었나니
밥이 몸이 되면서
욕망과 고통의 악착한 삶이 이어졌던 것

깨진 밥그릇은 더 이상
밥을 담지 못한다
식구들의 밥상에 올라가지 못한다

밥그릇이 깨지면서
그이는 밥에서 해방되었다
한 삶의 욕망과 고통이 끝났다

식구가 하나 줄었다

* 상여가 나가는 날 죽은 이의 밥그릇을 깬다는 의미로 문지방 앞에
  엎어놓은 바가지를 깨뜨린다.

공양
— 장인 3

입관식에서 아내는
생일상 한 번 못 차려드렸다고
꺽꺽 울더니

때마다
쌀밥 한 그릇 가득 차려 올렸다

어느 새벽
아내가 내 잠결을 흔들었다

아버지가 와서 밥 드시고 가셨어
좀 더 드세요 했더니
네 엄마가 제대로 먹질 않으니
차마 많이 먹질 못하겠네 하셨어

나가 보았더니
밥그릇 그대로 가득했는데

아내는 친정에 전화를 하고

나는 묵묵히 아침을 먹고 출근했다

딴따라 허정재

딸 넷 낳고 마지막 아들로 나와
부모 소원 하나는 풀어주었는데

어쩌다 풍물에 빠져
똥통에 빠져 죽겠다고 떼깡 부려서
남사당패가 되었지

공연하고 받을 돈 반은 떼이지만
돈푼 생기면 사람들 불러 술판 벌이고

술이랑 힘으로는 누구한테도 안 진다지만
겨울 거지 불쌍하다 옷 벗어 주고 지갑째 주고 온
착한 건지 바보 같은 건지

그가 한세상 잘 놀다 갑자기 떠났다

장례식장에 신나는 풍물 한 자락 풀어놓자
사람들은 통곡으로 편안해지고

식탁에는 술병이 쌓여 왁자지껄한데
너는 그저 빙긋이 웃고 있구나

코트 깃을 올린 채 사람들은
차가운 바람 속으로 돌아가고
너는 뜨거운 뼛가루로 돌아왔다

그만 우세요 어머니
가다가 돌아보고 못 가면 어쩌냐고
달래는 사람도 같이 운다

알리라, 한 줌 뼛가루를 뿌려보면
인생이 얼마나 가벼운지
먼지처럼 하찮은지

한세상 잘 놀았으니 이제
풍물이 웃음이 되고 술이 되는 세상으로
잘 가게 처남

눈물과 밥숟가락
― 장모님

팔십 나이에
이빨 빠지지 않은 그릇
세상에 어디 있느냐고 하지만

남편 보내고는
산 사람은 살아야 한다며
맨밥 물에 말아서 드시고
밥심으로 힘든 나날 넘겼는데

자식 보내고는
한 술 못 넘기시네

눈물은 아래로 흘러도
밥숟가락은 위로 올라간다지만

눈물도 마르고
밥숟가락도 말랐네

사춘기

밥때만 잠깐 열릴 뿐
문은 안에서 굳게 닫혀 있다

가끔 툭툭 신호를 보내고
가벼운 원투 펀치를 교환하기도 하지만
사정거리 안으로는 들어오지 않아
지루한 탐색전으로 끝나기 일쑤다

방심하면 안 된다
난로 위 주전자처럼
시시각각 내부 압력이 높아지고 있어
잘못 건드리면
통째로 터져버릴지 모른다

굳게 닫힌 문 앞에서
오늘도 기웃거릴 뿐이다

제3부

소금밥 바늘밥

자판기

동전을 넣으면 바로 보고서를 만들어낸다
아직 잔 고장도 없이 작동하고 있다

누가 동전 구멍에
씹던 껌이나 나무 수저라도 쑤셔 박으면
동전을 넣었는데 왜 이러지?
발로 뻥뻥 걷어찰 것이다

주인은 '고장'이라 써 붙이고
말 잘 듣게 수리를 하거나
쌩쌩한 새 기계를 들여놓을 것이다

아직은 아무도 동전 구멍을 틀어막지 않아서
오늘도 동전이 들어오고
그럭저럭 보고서를 만들어내고 있다

소금밥 바늘밥

밥그릇 앞에 두고
먹겠느니 못 먹겠느니 타령하지 말아라

밥그릇에는 밥보다 많은 소금이 들어 있다

새벽 출근해서
저녁도 거른 채 보고서를 작성하고
가족이 다 잠든 후에 젖은 몸으로 들어오는
땀내 나는 하루가 거기 있다

허기진 가계가 월급봉투에 중독되지 않도록
한 끼의 소금밥이
불안의 시간을 위로할 것이다

밥그릇에는 밥알보다 많은 바늘이 들어 있다

의자에 숨어 있다가
하루에도 몇 번씩 튀어나와 찌르던 바늘

수없이 바늘 박힌 하루가 거기 있다

바늘이 생살을 뚫고 들어가
등뼈를 세우는 힘이 되었듯
한 끼의 바늘밥이
무너지는 허리를 곧추세울 것이다

그러니 밥 한 그릇
소금 삼키듯 먹어라
바늘 삼키듯 먹어라

신입 사원 특강

'성공을 꿈꾸는 신입 사원에게'
이것이 내 특강 제목이었다

직장 생활의 목표를 가져라
그 목표를 이루기 위한 계획을 세워라
꾸준히 실행하라

그대의 꿈을 밀고 가는 건 머리가 아니라 발이라고
멋들어진 말로 마무리했다

그런데 생각해보니
작년에도 재작년에도
똑같은 말을 했다

내가 신입 사원 때도 그런 말을 들었다
그런데 말을 했던 사람 들었던 사람
모두 떠났다

자기 발로 떠났거나 떼밀려 떠났거나

나는 알고 있다
이 피라미드에서 누군가 위로 올라가기 위해서는
누군가 아래에서 받치고 있어야 한다는 것
점점 좁아지는 길을 따라 올라간 사람도
언젠가는 굴러떨어지고
새로운 승자가 그 자리에 올라선다는 것을

잘 알면서도 나는
신입 사원 때 들었던 말을
몇 년간 해왔던 말을
올해도 반복하고 있다

업적 평가

줄을 세운다
S A B C D
한 사람의 일 년이 고스란히
알파벳 한 자에 담겨진다

매달 첫째 월요일은 애국조회 날 운동장에 나가 줄을 섰지
키 작은 아이는 앞으로 키 큰 아이는 뒤로 앞으로 나란히, 바
로, 앞으로 나란히, 바로, 열중쉬어 옥수수 알처럼 가지런히
줄 선 아이들 훈화가 길어지면 줄 어딘가에서 물에 젖은 종
이처럼 무너지던 아이

우리는 한 가족 서로 돕고 사랑하자
사훈이 참 좋지요? 그래도

줄을 세운다
S A B C D

유통기간

유통기간 남은 것들
판매대에서 사달라 외치고

유통기간 지난 것들
거두어 쓰레기통에 처박히네

그렇구나 세상은
유통기간 남은 것과
유통기간 지난 것으로 나뉜다

아들아, 네가 밤새 편의점 알바를 뛰고
싸 들고 온 것들

유통기간 지난 우유를 마시며
삼각김밥을 뜯으며

염색한 머리칼 아래
내 목에 찍힌 날짜를 본다

다시 개가 되고 싶은 개

주인의 그림자 뒤에서
온갖 냄새 나는 것을 다 핥았다
주인은 나에게
뼈다귀와 잠자리를 주었다

기운이 빠져 제대로 핥지도 못하자
주인은 내 목을 잡아 밖으로 내던졌다
밥그릇과 잠자리를 빼앗기고
길거리로 쫓겨났다

내 자리에는
젊은 개가 뼈다귀를 물고 있었다

주인이여
나를 다시 당신의 개가 되게 하소서
당신의 구린내 나는 뒤를 핥고
뼈다귀를 물고 포근히 잠들게 하소서

화분이 나에게

사무실 지키는 화분에게
온실 안의 삶이라 했더니
사무실에 앉아 펜대나 굴리는
당신도 마찬가지라 한다

화분에 갇힌 삶이 불쌍하다 했더니
멀쩡한 다리를 가지고서도
자기 손으로 족쇄를 채우고
열쇠가 주머니 속에 있는 줄도 모르는
당신이 더 불쌍하다 한다

연말정산

아직 불길 속에서 나오지 못한 사람들이 있는데
아직 물속에서 나오지 못한 사람들이 있는데
아직 길 위에 있는 사람들이 있는데
아직 갇혀 있는 사람들이 있는데

정작 정산해야 할 것들 남겨둔 채
나는 연말정산 환급액을 계산하고 있다

그믐달

시퍼런
낫 하나
따라오며

호시탐탐
내 심장을 노리네

전봇대, 골목길, 신호등
달아나다
내 그림자 밟아
넘어지면

겨우 이렇게 쓰러지려고
그렇게 달려왔냐고

시퍼런 낫 하나
길목을
싹둑 끊네

길이 없네

아무 일도 아니었다

아무 일 아니었다
나는 한 달 내내 야근이었고
아내는 5년째 아이들에게 시달리고 있었을 뿐

정말 아무 일 아니었다
밤에 우는 아이를 보고 아내에게 짜증을 냈을 때
도대체 왜 짜증이냐고 아내도 짜증을 냈을 뿐

그리고 아무 일도 없었다
나는 여전히 야근을 했고
아내는 아이들에게 시달렸다
더 이상 짜증도 내지 않았다

그날도 야근에서 돌아왔을 때
아이들은 모두 잠들어 있었고
아내도 잠자리에 들어 있었다
모든 것이 언제나 똑같았다

그런데 등 뒤에서
갑자기 아내가 울기 시작했다
그 물살에 등이 무너지고
모든 것이 휩쓸려 나갔다

그 뒤에도 아무 일 없었다
나는 여전히 야근을 하고
아내는 아이들에게 시달렸다

노랑이 김 대리

홀어머니 빈주먹으로
세상에 뛰어든 지 10년
제 돈 내고 술 마신 적 없던
김 대리

쿨럭이는 중고차 안타까워
—올해는 새 차 한 대 뽑지
—적금 타면 전셋값부터 채워야죠

며칠 뒤면 승진 대상자 토익 시험
부서 회식 자리에서도
소주 한 잔 마시는 체 흘려버리고
슬며시 빠져나갔지
모르는 척 보냈는데

돌아가지 못했네
날마다 시계처럼 돌아가던 길

그날은 돌아가지 못했네

살려주세요, 난 꼭 살아야 해요
앰뷸런스 실려 가면서
자꾸 그 말만 했다고 하네

구겨진 차에서는
토익 강의 테이프가
여전히 돌아가고 있었다네

대타 장하나

고등학교 때 육상 선수
걸음이 빠른 장하나

재무기획팀 출산휴가 대타로 왔다가
자산관리팀 퇴직자 대타로 갔다가
고객만족팀 퇴직자 대타로 갔다

왔다 갔다 2년
그 빠른 걸음으로 도루도 못 하고
대타로 끝났다

퇴직 인사하러 온 장하나
쑥스럽게 내미는 초콜릿 상자

─그동안 고마웠어요
─다른 데 취직했니?
─이젠 그만 고향집에 내려갈래요
─미안하구나 잘 살아라

－또 눈물 날 거 같아요

인사도 못 하고 후딱 나가는
계약직 사원 장하나

경리부 미스 김

경리부 미스 김
어지간한 총각 거들떠보지도 않더니
찬바람만 불더니
결산 야근 사흘째
출근길 만원 전철
틈서리 비집고 앉더니
옆자리 총각 어깨에 머리 기대고
어느새 곤한 잠 들었네
1원만 틀려도 붉은 줄 북북 긋더니
내릴 곳 두 정거장 지나도록
푸근히 잠이 들었네

신나는 화장실

화장실에서
팝송이 짱짱하다

이동식 쓰레기통에 묶어놓은 카세트 라디오
흘러간 팝송이
우울한 월요일 아침을 반짝반짝 씻고 있다

작은 몸 꼭두새벽부터 바쁜
15층 담당 안영순 씨

라디오에 맞추어 흥얼흥얼
통 안 쓰레기들까지 들썩거린다

철제 금고 김 차장
— IMF 일기 1

아침마다 아파트 분양 공고 꼼꼼히 살펴보다
입맛 다시며 신문을 접고

산더미 같은 출금전표에
재빠른 손놀림으로 도장을 찍던
자금팀 김 차장

직장 생활 15년
결혼 생활 10년에
남은 건 도장 찍는 솜씨하고
스물다섯 평 전세 아파트뿐이라지만

회삿돈 세고 지키는 데는
인정도 빈틈도 없는
철제 금고 김 차장

딸만 둘 낳아 키우더니
늘그막에 얻은 아들 하나

입 함박같이 벌어져
요구르트도 돌렸는데

오늘 아침신문도 펴보기 전
정리 대상 명단이 먼저 펴졌네

책상 위에 출금전표 수북한데
아까워라 그 재주

낙지 안주
— IMF 일기 2

잘라야 산다고
이름 올리라는데

막내 진숙이
대학이나 가라 할까
노처녀 경애
시집갈 준비나 하라 할까
결혼한 숙희
집이나 잘 지키라 할까
입사 초년생 재훈이
다른 좋은 회사 알아보라 할까
사는 데 지장 없는 경희
양보하라 할까

한 글자 적지 못하고 펜을 던진다
이 나이에
든든한 동아줄로 내려가지 못하고

떨리는 칼날이 되었는지

절망이 어깨 위에 앉을 때
겨울나무처럼 더 단단해지지 못하고
앙상한 가지로 흔들리는지

포장마차로 들어가서
소주병 속으로 도망이나 치는지
팔다리 잘게 자른
낙지 안주나 씹어대는지

이유
— IMF 일기 3

퇴근이 좋은 이유는
내일 아침
다시 돌아올 수 있기 때문이다*

출근해야 하는 이유는
어제 하던 일을
마저 끝내야 하기 때문이다

그런데 어느 날
아무런 이유 없이
그 모든 이유가 필요 없게 되었다

* 구본형, 『익숙한 것들과의 결별』에서 참조.

제4부

풍경

풍경

아내가 식탁에 엎드려
가볍게 코를 골고 있다

길고 순한 다리를 편 채
식탁은 조용히 기다리고 있다
꽃병의 꽃들도
고요에 귀를 묻고 있다

고양이처럼 오후가 지나는데

견디다 못한 꽃잎 하나
아내 옆에 내려앉는다

당신, 잠 속으로 툭
떨어진 꽃잎 보았어?
이제 저녁이야

별 1

   방이 어두워진다 방이 스스로 어두워질 리 없다 내 눈이
어두워진 탓이다 내 눈이 스스로 어두워질 리 없다 어둠이
안간힘 다해 자신의 내부를 지키는 탓이다 어둠의 아늑한
뱃속에 석류알 같은 아기들이 잠들어 있었던 것이다 아기들
이 기지개를 켜며 하나씩 깨어나고 조금씩 눈이 밝아진다
아기들이 걷어찬 이불이 바람에 일렁인다

별 2

밤마다 이승을 보려고
창호지에 구멍을 뚫었나

얼마나 많은 눈이
들여다보고 있기에
저리도 구멍이 많은 걸까

길도 없는 그 먼 거리를
앞서거니 뒤서거니
눈길들이 지상의 주소로 찾아온다

어쩌면 눈길 한두 개는
당신의 머리맡을 지키러 오는지도 모른다

우리도 언젠가는
떠나온 그리움을 그리워하며
창호지에 구멍을 뚫을 것이다

바스러지는 것

책갈피 깊은 곳에서 갈변된 나뭇잎이 발굴되었다 누구의 마음이 저리도 깊이 묻힌 것일까 잠들어 있던 나뭇잎을 일으켜 안는 순간 한 모퉁이가 바스러진다

사랑을 하는 일이나 시를 쓰는 일이나 힘이 들어가면 바스러진다 힘을 빼고 안개처럼 부드럽게 스며야 한다

오래된 마음을 조심스레 책갈피에 다시 묻었다

모든 꽃은 진다

봄꽃 흐드러진 길 지나
요양원

그새 아버지 옆자리가 비었다
쿨럭이던 소리만 남았다

사진 한 장

— 고(故) 이은남*에게

날벼락처럼 암 진단 떨어지던 날
잠든 아이 바로 누이며
살아야겠다
사는 날까지는 살아야겠다고
퍼렇게 울었다지

새로 장만한
철마다 두 벌씩 2년 치 아이 옷
누가 철 따라 갈아입힐까
밤마다 다시 개어 넣었다지

머리 깎기 전날
아이 손 잡고 공원으로 극장으로
아이스크림도 나누어 먹고
돌아오는 길에 사진 한 장
하얀 꽃 두 송이처럼
예쁘게도 찍었다지

아아, 마지막 병상에서도

눈에 넣고 있었을

떠나는 길에도 끝끝내

가슴에 담아 갔을

사진 한 장

* 이은남은 내 고등학교 시절 '상지'라는 서클(동아리) 동기다. 결혼 1
  년 만에 아들 하나를 낳고 남편이 교통사고로 세상을 떠났다. 그 후
  10여 년간 혼자 아이를 키우다가 암으로 어린 아들을 남겨두고 남
  편을 따라갔다.

죽는 일

쉽게 생각하면
이 방에서 저 방으로
건너가는 것

꿈 깨듯이
어, 참 잘 잤네
기지개 한 번 늘어지게 켜고

문 열면
안방에서 바느질하던 어머니

아가, 이제 일어났니
땀 많이 흘렸구나
하실 것 같다

노부부

아침 출근길
지하철 에스컬레이터
덜 바쁜 사람들은 오른쪽
더 바쁜 사람들은 왼쪽
바삐 올라가던 줄이 뚝 멎었다
어떤 노부부
오른쪽에 할머니
왼쪽에 할아버지
서로 손 꼭 붙잡고
길을 막았다
뒷사람들이 밀칠 듯 올려다보지만
잡은 손 놓지 않는다
지금까지 같이 살아온 세월 얼마인데
누가 우리들 갈라놓으랴
노려보는 형형한 눈빛
죽어도 풀리지 않을 손 매듭에
시간이 묶여버렸다

만다라

아이가 한나절
모래성 만들고 기뻐하는데
파도가 밀려와 쓸어버렸다

아이는 울고
나는 웃으며 아이를 달랜다

너무 멋있어서
바다가 가져갔구나

먼 훗날 다시 와서
돌려달라고 하렴

* 월간 『불광』 522호 임순례 영화감독과의 인터뷰 내용 참조. "아이가
  모래성을 예쁘게 쌓았는데 파도가 와서 엎으면 모래성이 가짜인 것
  을 알지만 아이의 통곡을 따뜻하게 바라보는 엄마의 마음…"

나무의 소망

내가 갖고 싶은 공간은 텅 빈 운동장이 아니라
손을 뻗으면 이웃과 닿을 만한 공간
뿌리가 줄기를 지탱할 만한 공간

따뜻한 햇빛은 잎으로 들어오고
땅속을 흐르던 물은 뿌리를 타고 들어와
뼈와 살이 될 수 있으면

여름이면 잎이 무성하여
그 그늘에 벌레들이 깃들고
가을이면 가지 끝에 열매들이 익어
생명들 주린 배를 달랠 수 있다면

그러다 때가 되면 쓰러져
작은 나무에게 하늘을 넘기고
썩어가는 몸뚱이로 이끼를 키워
벌레들의 잔칫상을 차린다면

더 바랄 것 없으리

삼막사 가는 길

전차를 내리니
비가 내리고 있었다

산으로 들어서는 길이면
반야심경이라도 외자
아제아제 바라아제 바라승아제 모지사바하

길은 젖어서 외롭고
내 마음 낮은 곳으로 물소리도 흐른다

빈 시절 가득
무성하게 고독이 자란다 해도
빗줄기에 씻어 날려 보내자

삼막사 1km
팻말 위로 다시
빗줄기가 굵어지는데

수직선을 부러뜨리며
다시 내려올 길을 나는 가자

남해에서

바다에는 출구가 없어서
그들은 그물로 뛰어들었다

바다는 그물 속까지 따라왔지만
그들을 붙잡지 못하고 되돌아갔다

탈출에 성공한 멸치들이
뚝방 위에 누워
젖은 몸을 말리고 있다

뜨거운 볕 아래
그들은 미라처럼 긴 꿈에 들었는데

품을 벗어난 새끼들을 보려고
바다는 뚝방 아래 서성거리고

낡은 배 몇 척
커다란 멸치처럼 흔들리고 있다

하모니카

산책 못 나간 아버지
손주 불러놓고
하모니카 부신다

수숫대 마른 잎 지나는
바람 소리, 창밖에는
가을비에 젖어
꽃이 진다

다섯 살 손주
냉큼 받아
마구 불어댄다

온 집안 가득
원숭이 떼 뛰다닌다

은혼(銀婚)

당신
봄 단풍 같은 손에
반지 끼워주었는데

그 반지 어디로 가고

갈잎 같은 손
세 번째 아침 차리고 있네

오직 사랑을 위해서만 결혼했으며,
아무런 이유 없이 사랑할 것이다

라고 맹세했지
결혼하고 얼마 지나지 않았을 때

오늘
집안일 돕는답시고 설거지를 하다가
수챗구멍에 버려진 쉰 두부 한 모

살림살이 어떻게 하는 거냐
소릴 질렀네

30년도 지나지 않았는데
그 맹세 속절없이 쉬어버렸네

한 사내 남루함이 쉰 두부 같아
수챗구멍에 처박고 싶었네

콩나물과 복권

아내는 시장에서 콩나물 1,000원어치 말고 500원어치만
주세요 하는데

나는 복권 판매소에서 1억짜리 말고 40억짜리로 주세요
한다

오래된 마음이 붙든 결곡한 언어들

박일환

1.

　누구나 시인이 될 수 있다는 말은 언뜻 들으면 시인이 된다는
게 그리 어려운 일이 아닌 것처럼 여겨지지만 실상은 그렇지 않
다. 이 말은 '될 수 있는 가능성만을 언급하고 있기 때문이다.
가능성을 현실로 바꿔내기 위한 그 무엇이 전제되지 않는 한 시
인이 된다는 건 요원한 일이다. 물론 천부적인 재능을 타고난
덕에 어렵지 않게 시인 소리를 듣는 사람도 있겠지만, 대체로
지난한 수련 과정을 거친 다음에야 남들로부터 시인이라는 승
인을 받을 수 있다. 이 말이 시인을 보통 사람과 구별되는 특별
한 종류의 인간, 즉 고결하거나 특권화된 존재로 부각시키기 위
한 의도로 전달되지는 않기를 바란다. 되고자 하는 게 의사건
기술자건 아니면 농부건 간에 그 직분을 제대로 수행하기 위한
'그 무엇'을 익히는 과정이 전제되어야 한다는 걸 말하고 있을

따름이기 때문이다.

　내가 이은래 시인을 은래 형이라 부르며 만나온 세월을 돌이켜 보니 20년하고도 몇 해가 훌쩍 지났다. 그 세월 동안 은래 형을 비롯한 몇몇 벗들이 모여 서로의 시를 주고받으며 합평 모임을 해왔다. 각 지역에 있던 노동자문학회들이 하나둘 해산을 하고 부천노동자문학회 역시 비슷한 길을 걷고 있을 무렵이었다. 김형식 시인의 주도로 새로운 모임을 시작할 때만 해도 우리들의 만남이 이토록 오래 이어질 줄은 몰랐다. 노동자문학회처럼 분명한 운동성을 내세운 건 아니었으나 그렇다고 시대의 문제를 외면하지는 않으려 했다. 문학을 통해 동시대의 삶을 고민하려 했고, 무엇보다 시의 힘을 믿었다. 그렇게 뭉친 관계 속에서 나이가 가장 많은 은래 형이 좌장 역할을 했다.

　그러는 사이 어느새 이순의 나이에 이른 은래 형이 드디어 시인이라는 이름을 달고 첫 시집을 낸다. '드디어'라고 한 것은 그만큼 주변의 기대와 기다림이 있었음을 말한다. 은래 형이 시를 씀에 있어 앞서 말한 수련 과정을 진작에 마쳤다는 걸 알 만한 사람은 다 안다. 은래 형의 삶과 시를 오래도록 지켜본 입장에서 지금 가장 먼저 떠오르는 말은 '한결같음'이다. 한결같음이 어떤 태도를 말한다고 할 때, 지극한 정성이라는 말과 통하는 지점이 있다. 사람을 대할 때나 시를 대할 때나 은래 형의 태도는 언제나 진지하면서도 겸손하다. 그런 모습이 아래 시에 잘 드러나 있다.

책갈피 깊은 곳에서 갈변된 나뭇잎이 발굴되었다 누구의 마음이 지리도 깊이 묻힌 것일까 잠들어 있던 나뭇잎을 일으켜 안는 순간 한 모퉁이가 바스러진다

사랑을 하는 일이나 시를 쓰는 일이나 힘이 들어가면 바스러진다 힘을 빼고 안개처럼 부드럽게 스며야 한다

오래된 마음을 조심스레 책갈피에 다시 묻었다
— 「바스러지는 것」 전문

"오래된 마음"은 어떤 마음일까? 그건 자신의 존재를 드러내지 않고 "책갈피 깊은 곳"에 "잠들어 있던 나뭇잎"의 마음일 수도 있고, 나뭇잎을 책갈피 사이에 끼워둘 줄 아는 순정함을 지닌 이의 마음일 수도 있다. 나는 거기에 삶과 시를 대하는 이은래 시인의 "오래된 마음"을 겹쳐놓고 싶다. "힘이 들어가면 바스러"질까 봐 "조심스레 책갈피에 다시 묻"는 행위는, 소중한 가치의 훼손이 공공연하게 이루어지는 현실에 대한 성찰을 끌어낸다. 그럼으로써 우리가 버리지 말고 지켜야 할 것이 무엇인지를 묻게 한다. 가치를 훼손하는 건 현대사회의 현란한 속도일 수도 있고, 무엇이든 자신의 것으로 소유하고자 하는 욕망일 수도 있다. 그 대척점에 무엇을 놓아야 할 것인지는 독자들의 몫이겠으나, 이은래 시인의 표현을 빌리면 사랑과 시가 그 목록 안에 들어갈 수 있지 않을까 싶다. 자신이 쓴 시를 세상 밖으로 섣불리 꺼내지 않고 오래도록 묻어둔 그 마음과 함께!

2.

시와 삶이 일치하지 않는 시인들도 있으나 진짜 시인이라면 둘 사이에 간극이 없거나 적어야 한다. 그런 면에서 이은래 시인은 둘을 일치시킬 줄 아는, 아니 천성이 그런 사람이다. 내가 알기로 이은래 시인은 시보다 삶을 앞세워 살았고, 그랬기에 삶을 배반하는 시 같은 건 쓰려야 쓸 수가 없다. 삶이 시의 스승이 되어야 한다는 말을 쉽게 들을 수 있지만, 그게 생각처럼 쉬운 일은 아니다. 언어는 의미를 전달함과 동시에 그것을 꾸미고 보태려는 속성을 지닌다. 과장과 허위의 언어는 그렇게 탄생하며, 삶보다 시를 앞세우려는 욕망도 그런 속성에 연결되어 있다. 시인이 가장 경계해야 할 게 바로 그 지점이다.

이은래 시인은 젊었을 적 부천에 있는 야학에서 강학으로 활동했다. 이미 취업을 해서 직장 생활을 하느라 힘든 상황임에도 야학에 대한 애정이 무척 강했다. 야학뿐만 아니라 노동자문학회에 청년 단체 활동까지 하느라 늘 바삐 움직여야 했고, 그러다 보면 새벽까지 모임이 이어지기 일쑤여서 눈도 제대로 붙이지 못한 채 아침 일찍 회사로 출근하곤 했다. 누군가의 말처럼 어느 누구도 그 길을 가라 하지 않았으나 그건 시대가 요구하는 길이었고, 이은래 시인은 자신에게 주어진 짐을 마다하지 않았다. 1980년대를 치열하게 살아간 사람이 어찌 한둘이랴만 전문 운동가가 아니면서 직장 생활과 더 나은 세상을 추구하는 사회활동을 병행한다는 건 결코 쉬운 일이 아니었다. 더구나 대기

업에 속한 직장에 다니다 보니 함부로 티를 내기도 힘든 상황
이었다.

> 우리를 가르친 것은 책이 아니라 목마름
> 우리를 키운 것은 밥이 아니라 땀
> 우리를 지켜온 것은 동정이 아니라
> 다 같이 나눈 아픔과 눈물
>
> —「마야야학」 부분

야학 활동을 하던 무렵에 쓴 작품의 일부이다. 초기 시라서 80
년대 풍의 정서가 그대로 담겨 있지만, 그때 서로 나누어 품었
던 마음이 이후에도 이은래 시인의 주 정서를 이루고 있다. 한
때 '공동체'라는 말이 뭇 사람들의 입에 오르내리고 그 자체로
광휘를 발휘하던 시절이 있었다. 지금은 비록 낡은 말 취급을
받고 있을지언정 그 말 속에 담긴 정신까지 내다 버릴 수는 없
는 일이다. 요즘 많이 사용하는 '연대'라는 말도 궁극에는 공동
체 정신에 닿아 있을 것이다.

> 그런데 한 구슬이
> 옆에 있던 구슬을 다독거렸다
> 밝아진 구슬이 다시
> 옆에 있던 구슬을 다독거리면서
> 세상은 다시 환해졌다
>
> —「인드라망(網)의 구슬」 부분

"다시 환해"지는 세상을 꿈꾸려면 서로가 서로를 "다독거"릴 줄 알아야 한다. 다독인다는 건 아주 작은 동작이지만, 거기서 나오는 힘은 놀라운 기적을 가져오기도 하는 법이다. 그런 위로의 힘을 믿지 않는다면 날로 극악해져가는 이 세상을 대체 무엇으로 견디고 이겨나갈 것인가. 세상은 사람들이 모여서 만들어가는 것이고, 물신 숭배가 정점으로 치닫는 듯한 작금의 자본주의 사회도 사람들이 만든 것이긴 하지만, 그걸 극복하는 힘 또한 사람들 속에서 찾을 수밖에 없다.

> 바다에는 출구가 없어서
> 그들은 그물로 뛰어들었다
>
> 바다는 그물 속까지 따라왔지만
> 그들을 붙잡지 못하고 되돌아갔다
>
> 탈출에 성공한 멸치들이
> 뚝방 위에 누워
> 젖은 몸을 말리고 있다
>
> 뜨거운 볕 아래
> 그들은 미라처럼 긴 꿈에 들었는데
>
> 품을 벗어난 새끼들을 보려고
> 바다는 뚝방 아래 서성거리고
>
> 낡은 배 몇 척

커다란 멸치처럼 흔들리고 있다

—「남해에서」 전문

　모든 삶은 위태하다. 현대인의 삶은 특히 그렇다. 자본주의 사회가 둘러친 촘촘한 그물망에서 벗어날 길이 없고, 기껏 탈출해봐야 또 다른 그물이 기다리고 있을 뿐이다. 위 시는 출구가 없는 삶을 "그물로 뛰어"든 멸치들의 비유를 통해 선명하게 그리고 있다. "뜨거운 볕 아래" "미라처럼 긴 꿈에 든" 이들은 누구인가! 나와 당신을 포함한 우리들의 모습 아니겠는가. 그럼에도 이 시가 절망으로만 읽히지 않는 것은 "뚝방 위에 누워/젖은 몸을 말리"는 멸치들을 바라보는 바다의 눈길을 배치해놓고 있기 때문이다. 누군가 자신을 바라보고 걱정해준다는 건 그 자체로 커다란 위로가 된다. 앞서 소개한 시에서 다독이는 행위와 통하는 부분이다. 현대사회의 병리 현상을 잘 나타내주는 말이 소외라고 한다면, 소외를 극복하는 힘은 외부에서 끌어오는 것이 아니라 우리들 내부에서 서로 주고받는 눈길 같은 것에서 찾을 수밖에 없다. 그러자면 우선 "내가 갇힌 이 사이가/또한 당신의 자리"(「사이에 갇히다」)일 수 있다고 외치는 전언과 경고에 귀 기울여야 한다. 그 소리를 듣지 못하고 그냥 지나치거나 외면할 때 말 그대로 헬조선의 세상을 벗어날 길이 없다.

3.

　이은래 시인은 오래도록 기업체 사무직으로 근무했고, 여전히 사무실 책상을 떠나지 못하고 있다. 일찍이 김기택 시인이 「사무원」이라는 시에서 사무직 노동자가 하루 종일 앉아 있어야 하는 의자와 일체감을 이룬 모습을 통해 사무원들의 비애를 형상화한 바 있지만 이은래 시인의 작품들에서는 그런 모습이 더욱 구체적인 형상을 하고 나타난다.

　"동전을 넣으면 바로 보고서를 만들어"(「자판기」)내는 자판기에 비유되는 사무직 노동자들은 "ＳＡＢＣＤ/한 사람의 일 년이 고스란히/알파벳 한 자에 담겨"(「업적 평가」)지는 현실 속에서 언제 잘려나갈지 모르는 불안을 안고 살아간다. 그러므로 그들이 앉아 있는 의자는 그냥 의자가 아니다. "하루에도 몇 번씩 튀어나와 찌르"(「소금밥 바늘밥」)는 바늘이 "의자에 숨어 있"기에 남들이 보는 것처럼 결코 펜대나 굴리며 편안히 월급을 받아먹기만 하는 존재가 아니다. 이은래 시인이 그려내는 사무직 노동자들은 오로지 자본주와 주주의 이익에만 복무할 수 있을 뿐 자기 노동의 주체가 되지 못한다. 그러므로 구조조정이라는 명목 아래 언제든 버려지거나(「철제 금고 김차장」), "날마다 시계처럼 돌아가던 길"(「노랑이 김대리」)을 벗어나 저 세상에다 지친 몸을 부려놓기도 한다.

　　주인의 그림자 뒤에서

온갖 냄새 나는 것을 다 핥았다
주인은 나에게
뼈다귀와 잠자리를 주었다

기운이 빠져 제대로 핥지도 못하자
주인은 내 목을 잡아 밖으로 내던졌다
밥그릇과 잠자리를 빼앗기고
길거리로 쫓겨났다

내 자리에는
젊은 개가 뼈다귀를 물고 있었다

주인이여
나를 다시 당신의 개가 되게 하소서
당신의 구린내 나는 뒤를 핥고
뼈다귀를 물고 포근히 잠들게 하소서
— 「다시 개가 되고 싶은 개」 전문

　굴욕과 치욕을 감내해야만 살아남을 수 있는 현실 속에서 시의 화자는 "주인의 그림자 뒤에서/온갖 냄새 나는 것을 다 핥"아 주며 살아왔다. 그래야 주인이 던져 주는 뼈다귀라도 기꺼이 물고 잠들 수 있기 때문이다. 이러한 비유가 결코 지나친 비약이 아니라는 건 이 시대를 살아가는 이라면 누구나 겪어서 알고 있는 사실이다. 자본주의 사회에서 생존에 대한 두려움이나 공포는 겪을수록 옅어지는 게 아니라 오히려 더 큰 두려움과 공포를 재생산한다. 하여 "다시 당신의 개가 되게" 해달라는 열망(?)을 거리낌 없이 표출하도록 만든다. 참혹하지만 이게 진실이다. 고개 돌리고 외면한다고 해서 있던 진실이 사라지지는 않는다. 그렇다면 어떻게 할 것인가? 굴욕을 감내하는 삶을 살아가더라도 잊지 말아야 할 걸 잊지 않는 것, 나아가 자신의 모습과 처지를 허위로 치장하지 말고 있는 그대로 정확히 바라보는 것부터 시작해야 한다. 그래야 자신을 둘러싼 현실의 실체가 보이고, 누구의 손을 잡아야 할 것인지 떠올릴 수 있다. 그건 일차적으로 자기반성을 수반하게 되는데, 아래와 같은 시에서 그런 모습을 만날 수 있다.

> 아직 불길 속에서 나오지 못한 사람들이 있는데
> 아직 물속에서 나오지 못한 사람들이 있는데
> 아직 길 위에 있는 사람들이 있는데
> 아직 갇혀 있는 사람들이 있는데
>
> 정작 정산해야 할 것들 남겨둔 채
> 나는 연말정산 환급액을 계산하고 있다
> ─「연말정산」 전문

  인간은 기본적으로 자기중심적이다. 남의 아픔보다 내 아픔이 큰 게 사실이고, 당장 눈앞의 이익이 불의에 침묵하게 만들기도 한다. 그걸 부정할 수는 없고, 부정한다면 그건 기만에 가까울 것이다. 그럼에도 애써 눈 감고 있는 자신을 바라보는 훈련을 게을리하지 말아야 한다. 자각이란 그런 과정 속에서 싹트는 법이다. 비극이 나에게만 일어나는 게 아니라 더 큰 비극이 전방위적으로 일어나고 있다는 걸 생각할 수 있을 때, 내면의 꿈틀거림이 찾아든다. 그건 자기반성에 따른 부끄러움일 수도 있고, 부조리한 세상에 대한 정당한 분노일 수도 있다. 그런 자각의 힘이 모인 게 바로 부도덕한 정권을 몰아낸 촛불 아니었겠는가.

그렇다고 해서 세상이 한꺼번에 확 바뀌는 건 아니고 비극은 모양을 달리하며 여전히 되풀이되곤 한다. 시인의 표현대로라면 "견고한 순환"이 이어지는 셈인데, 그렇다고는 해도 오늘이 어제와 완전히 똑같은 건 아니다. 오늘의 과제는 오늘의 과제대로 다시 풀어가는 법을 익혀가면 되는 것이니, 생의 난제는 우리를 시험에 들게도 하지만 그에 맞서는 근육을 길러주기도 한다. 그럴 때 다음 작품은 민중적 낙천성이라 할 만한 전범을 보여준다.

화장실에서
팝송이 쨍쨍하다

이동식 쓰레기통에 묶어놓은 카세트 라디오
흘러간 팝송이
우울한 월요일 아침을 반짝반짝 씻고 있다

작은 몸 꼭두새벽부터 바쁜
15층 담당 안영순 씨

라디오에 맞추어 흥얼흥얼

통 안 쓰레기들까지 들썩거린다

—「신나는 화장실」 전문

삶의 건강함이란 이런 것이다. 세상을 바꾸기 위해서는 거대
담론을 세우는 것도 필요하지만 낮은 곳에서 삶의 활력을 불어
넣어주는 이들이 실은 이 세상을 떠받치는 위대한 존재들임을
잊지 말아야 한다. 시인의 눈길은 바로 그런 존재들 쪽으로 기
울어야 하고, 그들의 삶을 프리즘 삼아 기울어진 세상의 구도를
재구성할 수 있는 틀을 짜야 한다.

4.

모든 체제와 조직은 억압과 모순을 내장하고 있으며, 그 세계
의 울타리를 거부하거나 탈주하지 않는 한 개인은 개별성을 잃
고 종속된 삶을 살지 않을 수 없다. 그럴 때 개인의 자유로운 의
식은 물론 시간마저 차압당하기 일쑤다.

아무 일 아니었다
나는 한 달 내내 야근이었고
아내는 5년째 아이들에게 시달리고 있었을 뿐

정말 아무 일 아니었다
밤에 우는 아이를 보고 아내에게 짜증을 냈을 때
도대체 왜 짜증이냐고 아내도 짜증을 냈을 뿐

…(중략)…

그런데 등 뒤에서
갑자기 아내가 울기 시작했다
그 물살에 등이 무너지고
모든 것이 휩쓸려 나갔다

그 뒤에도 아무 일 없었다
나는 여전히 야근을 하고
아내는 아이들에게 시달렸다

— 「아무 일도 아니었다」 부분

강요당하는 삶은 일상을 파괴하기 마련이고, 개인의 고통은 주로 그 지점에서 시작한다. 노동을 하는 이유는 생존에 있으나, 생존을 위해 안락한 가정과 일상을 포기해야 한다면 얼마나 이율배반적인가! 생존의 이유가 무너진 자리에 무엇을 채워야 할까? "아무 일도 아니었다"라는 제목이 주는 저 무심한 듯 건조한 문장이 가리키는 지점에 회사라는 조직에 매여 사는 현대 도시인의 비애가 고스란히 담겨 있다. 간단히 비애라고 표현했지만 그건 다른 적당한 말이 없어서 그랬을 뿐, 그 절망의 무게를 감당하기에는 역부족이다.

이 지점에서 노동의 대물림을 생각해본다. "30년 일자리 나와/14인치 낡은 TV 앞에 고목처럼 누운/아버지"(「크레인이 누운 날-아버지 1」)는 무엇을 위해 자신의 노동을 바쳤을까? 시인은 크레인으로 표상되던 젊은 날의 아버지가 드러눕고 난 뒤 발바닥

120

에서 "녹슬고 금 간 지도 한 장"을 보았다고 말한다. 삶의 전장을 누비고 다녀야 했던 그 지도는 그러나 명예로운 훈장 같은 걸 찾아가는 길과는 거리가 멀었다. 그리고 지금 그 아버지는 요양원의 철제 침대에 누워 있다.

> 젊은 시절 홍깨나 있었던 아버지가 유행가를 부른다 마이크만 보면 도망가는 나도 함께 부른다 충청도 아줌마, 무너진 사랑탑, 홍도야 울지 마라, 울고 넘는 박달재… 아버지는 나도 모르는 2절까지 내처 달린다
> 아버지, 내가 누군지 알겠어요?
> 니가 누군지 내가 우찌 알겠나?
>
> ─「노래─아버지 5」 전문

평생 노동을 하며 "한 가족을 넉넉히 받치"던 아버지는 이제 지난날의 기억을 잃어버렸다. 아들마저 알아보지 못하지만, 그래도 젊었을 적 부르던 노래는 원형의 기억 저편에서 일렁이고 있는 중이다. 그 가락마저 잃게 되면 이제 영영 이별만이 남게 되리라. 아버지의 "식어버린 가슴에 뜨거운 전원을 꽂아주고 싶"(「요양원에서─아버지 2」)어도 그럴 수 없는 시간이 점점 다가오고 있을 뿐이다.

이은래 시인은 아버지와 어머니를 생각하는 연작시를 비롯해 돌아가신 할머니와 장인, 그리고 때 이른 죽음을 맞은 처남까지 시를 빌려 호명하고 있다. 인간은 죽음을 통해 삶을 생각하고 들여다보는 경우가 많다. 죽은 이의 살아생전 기억을 더듬거나, 자신도 언젠가는 같은 운명에 처하게 되리라는 걸 예감하며 어

떻게 살다 죽음을 맞이해야 할지를 생각하는 것 등이 모두 그런 맥락과 연결되어 있다. 그런 생각은 곧잘 삶의 엄숙함을 떠올리게 만드는데, 밥이 그 매개체 역할을 할 때가 많다. 누구든지 살기 위해서는 밥을 먹어야 하며, 죽었다는 말은 더 이상 밥을 먹을 수 없다는 말과 통한다. 이러한 관념은 한국인들에게 특히 강하다.

> 밥그릇이 깨지면서
> 그이는 밥에서 해방되었다
> 한 삶의 욕망과 고통이 끝났다
> ── 「밥그릇을 깨다-장인 2」 부분

장인의 죽음을 다룬 세 편의 시가 모두 밥과 이어져 있다. 공교롭다고 볼 수도 있겠으나, 내게는 그게 우연의 일치라고만 보이지 않는다. 앞선 세대의 어른들이 져야 했던 짐으로 여자는 사랑과 헌신, 남자는 가장의 무게가 자연스러웠으리라고 본다면 장인의 삶은 가족 구성원의 밥을 얻기 위한 삶이었을 것이다. 밥과 노동으로 이어지는 서사는 죽음에 의해 비로소 완결태를 이루고, "밥에서 해방"된 육신은 더 이상 생존을 위해 자신의 노고와 치욕을 팔지 않아도 된다. 다만 아직 죽음에 이르지 못한 후손들이 바통을 이어받을 뿐이다. 이렇게 말하면 지나치게 자조적인 표현이라고 할 수도 있겠다. 하지만 고인의 노고에 경의를 표하며 애도하는 것과 노동의 굴레가 세대를 통해 계승되면서 연쇄를 이룬다고 말하는 것은 층위가 다른 문제이다. 현재를 살아가야 하는 사람들의 시간은 아직 해방되지 않았기 때문이다. 그래서 장인의 입관식 이후 풍경을 다룬 「공양」의 마지막 행에서 "나는 묵묵히 아침을 먹고 출근했다"라고 한 구절은 살아가는 일의 엄중함을 떠올리게 한다.

5.

이은래 시인의 언어는 어떤 소재를 선택하더라도, 그게 설혹 민중 친화적인 서사를 다룰 때라도 장황하거나 늘어지지 않는다. 가령, 1990년대 후반에 부천에서 있었던 철거 문제를 다룬 초기작 「삼정천의 봄」을 보더라도 담담하게 풍경만 제시하고 있을 뿐 새된 목청 같은 건 찾아볼 수 없다. 그만큼 언어와 감정의 절제에 세심한 노력을 기울이고 있음을 알 수 있다.

글을 맺기 전에 이은래 시인이 지닌 서정성에 대해 간단히 짚고 갔으면 한다. 서정이란 말이 스며들기 어려운 강퍅한 시대라고는 해도, 아니 그럴수록 우물처럼 깊고 그윽한 인간 본연의 심연을 출렁이게 하는 언어가 갖는 힘이 있을 거라고 믿는다. 무딘 감각과 인식을 후려쳐서 정신이 번쩍 들게 하는 언어가 필요한 반면, 말없이 가슴으로 스며들게 하는 언어가 쌍을 이루도록 하는 것도 중요하다는 얘기다.

아내가 식탁에 엎드려
가볍게 코를 골고 있다

길고 순한 다리를 편 채
식탁은 조용히 기다리고 있다
꽃병의 꽃들도
고요에 귀를 묻고 있다

고양이처럼 오후가 지나는데

견디다 못한 꽃잎 하나
아내 옆에 내려앉는다

당신, 잠 속으로 툭
떨어진 꽃잎 보았어?
이제 저녁이야

—「풍경」 전문

　"꽃병의 꽃들도/고요에 귀를 묻"는 시간이야말로 속도전을 강조하는 현대 도시 문명의 시간을 무화시킬 수 있는 힘을 지니고 있을 거라고 상상해보는 것! 그럴 때 우리는 잃어버린 감각 하나를 소중하게 끌어안을 수 있지 않을까? 더불어 "아내 옆에 내려앉"은 "꽃잎"을 통해 가만히 곁에 있어 주는 위안의 힘을 발견할 수도 있겠다. 그건 화려한 언술 따위로 대체할 수 없는, 마음의 움직임 같은 것이다. 밤하늘 저 멀리서 별이 "당신의 머리맡을 지키러 오는" 것처럼! 그게 바로 이 글 서두에서 이야기한 "오래된 마음"과도 통하리라 믿는다. 이은래 시인이 결곡한 언어로 빚은 아름다운 서정시 한 편을 같이 읽는 것으로 글을 매듭짓고자 한다.

밤마다 이승을 보려고
창호지에 구멍을 뚫었나

얼마나 많은 눈이
들여다보고 있기에
저리도 구멍이 많은 걸까

길도 없는 그 먼 거리를
앞서거니 뒤서거니
눈길들이 지상의 주소로 찾아온다

어쩌면 눈길 한두 개는
당신의 머리맡을 지키러 오는지도 모른다

우리도 언젠가는
떠나온 그리움을 그리워하며
창호지에 구멍을 뚫을 것이다

—「별 2」 전문

朴一煥 |시인

푸른사상 시선 95

늦게나마 고마웠습니다